MITGIFT *Verlag*

Dennis Staats
Entlaufene Hamster

ISBN 978-3-903095-14-4

www.mitgift.at • office@mitgift.at

Lektorat: Dr. Monika Redlin
Satz & Layout: Ralph Edenhofer
Cover: Ralph Edenhofer / dottedyeti - stock.adobe.com

Dennis Staats

Entlaufene Hamster

Inhalt

schwarze spiegel

Hypertensiver Notfall. Die Ärztin schaut mich eindringlich an. Starrt regelrecht. Erwartungs- und vorwurfsvoll zugleich. Als müsse diese Diagnose mir etwas sagen. Was denn das nun zu bedeuten hätte, will ich wissen. Und, ob sie mir etwas verschreiben könne. Etwas das hilft, füge ich hinzu, um jeden Anfall von Astralkörperfirlefanz im Keim zu ersticken.

Mein Blutdruck sei äußerst alarmierend, lässt sie mich wissen, während ich mich wieder anziehe. Sie wirft einen dramaturgisch perfekt geplanten Blick in meine Akte, um sich zu vergewissern, dass ich wirklich erst fünfunddreißig bin. Die Pause ist gerade lang genug, um ihren Worten das nötige Gewicht zu verleihen. Und das in diesem Alter, meint sie kopfschüttelnd. Es gäbe schon Medikamente, die man einsetzen könnte, aber in dem Alter, das müsse sie nochmals betonen. Außerdem sei mein genereller körperlicher Zustand – in Wahrheit meint sie Verfall, das kann ich ihr ansehen – auch nicht der beste. Hoher Cholesterinspiegel. Erhöhte Harn- und Leberwerte. Gicht. Ein wenig fett gegessen, sage ich. Findet sie nicht lustig.

„In Ihrem Alter", sagt sie wieder und ich merke, wie mir diese besondere Ausprägung des Ageism beginnt auf die Nerven zu gehen. Als hätten nur fette Männer ab fünfundsechzig ein Anrecht auf einen hohen Blutdruck. In meinem Alter also, so meine Ärztin, die – und da bin ich mir fast sicher – nicht mehr lange meine Ärztin sein wird, müssen wir unbedingt lebensmodifizierende Maßnahmen ergreifen, bevor wir mit einer medikamentösen Therapie beginnen. Es ist, als würde sie mit mir in einer fremden Sprache sprechen. Ich konzentriere mich und versuche krampfhaft den Worten aus ihrem Mund eine Bedeutung zu geben.

Was bedeutet lebensmodifizierend? Was heißt hier WIR? Offensichtlich will sie, dass ICH etwas mache. Was also soll dieser völlig deplatzierte Plural?

Meine zukünftige Ex-Ärztin rattert die Eckpunkte meines neuen, medizinisch unbedenklichen, manche würden sagen langweiligen Lebens runter wie die Einkaufsliste einer Asketen-WG:

Wenig Fleisch. Wenig Zucker. Wenig Salz. Kein Alkohol. Kein Stress. Ausreichend Schlaf. Täglich Sport.

Ich muss lachen. Sie hat keine Ahnung, was so lustig ist. Also erkläre ich ihr die Eckpunkte meines realen Lebens:

Managementposition. All-in Vertrag. Geschäftsreisen in Endlosschleife. Laufender Kredit. Eine Frau und einen dreijährigen Sohn, die ich beide kaum sehe. Als Kompromiss schlage ich vor, zukünftig auf salzreduzierte Kartoffelchips umzusteigen. Findet sie nicht lustig. Wortlos schiebt sie mir eine Visitenkarte über den Schreibtisch. Wie immer in solchen Momenten versuche ich, meinen ersten Reflex zu unterdrücken und mich nicht aufzuführen wie Patrick Bateman in AMERICAN PSYCHO. Ich versuche nicht immer automatisch einen Rückschluss vom Design einer Visitenkarte auf ihren Besitzer, sein Geschäft oder seinen Charakter zu ziehen. Ich versuche diesem Stückchen Karton, diesem Emblem für unseren sozialen Status nicht zu viel Wert beizumessen. In diesem Moment fällt es mir jedoch schwer, meinen guten Vorsätzen zu folgen. Das Ding vor mir ist wohl das hässlichste Statussymbol, das ich je gesehen habe. Das Logo sieht aus wie das Auge aus der Seitenblicke-Sendung, gezeichnet von einem Volksschüler mit besonderen Bedürfnissen. Darunter prangt in giftgrünen Lettern der Firmenname – DAS DRITTE AUGE. Und darunter der Slogan: „Wir bringen Ihr Wesen in Einklang."

Es drängen sich mir einige Fragen auf. Die wichtigste ist – soll das ein Witz sein? Doch meine Ex-Ärztin scheint es ernst zu meinen. Autogenes Training würde dabei helfen, den Stress im Berufsleben zu senken und wirke sich so positiv auf körperliche Beschwerden wie hohen Blutdruck aus. Ich müsse zumindest zu einer Sitzung in dieses Institut – wie sie es nennt – bevor sie mir Medikamente verschreiben würde. Und die Bestätigung nicht vergessen!

Noch auf dem Weg zu meinem Auto checke ich die Mails mit meinem Handy. Ich bin spät dran. Ich überfliege die wichtigsten Anfragen, die meisten davon Beschwerden von Kunden über Projektverzögerungen, geschrieben in GROSSBUCHSTABEN und mit vielen!!!!!

Mitarbeiter, die mich wegen ihrer Beschäftigungstherapie (denn, mal ehrlich, wäre es mehr als das, würde ich mich selbst darum kümmern) mit Fragen löchern. Ein Kollege aus Amsterdam, der mich wegen einer fehlenden Softwarelizenz nervt. Eine Abschiedsmail eines zukünftigen Ex-Kollegen, politisch korrekt aber nicht ganz zutreffend als Alumnus bezeichnet. Ist das die dritte oder die vierte diesem Monat? Man verliert hier leicht den Überblick. Und zum krönenden Abschluss eine Nachricht von der Geschäftsleitung, die uns eher wenig subtil davor warnt zur Arbeiterkammerwahl zu gehen. Soweit, so gut. Ein völlig normaler Dienstagmorgen. Als ich an meinem Wagen ankomme, muss ich eine kurze Pause einlegen. Ich atme schwer. Ich lehne mich gegen die Fahrertür und schaue hoch in den wolkenlosen Frühsommerhimmel. Die Luft ist trotz der frühen Morgenstunde schon angenehm warm. Nicht zum ersten Mal in letzter Zeit wünschte ich, dass ich zuhause auf meiner Terrasse, die mich einen Batzen Geld gekostet hat, die ich aber so gut wie nie nutze, sitzen würde. Mit einem Eistee in der einen und einem guten Buch in der anderen Hand. Und nicht zum ersten Mal kämpfe ich gegen den Impuls, es einfach bleiben zu lassen und heim zu fahren. Doch dann siegt die VERNUNFT, dieser langweilige Wurmfortsatz meines Charakters, den ich am liebsten in einem Fluss ertränken würde. Bildlich gesprochen. Ich atme tief durch, steige ein und drehe meine 80ies HAIR METAL PLAYLIST auf volle Lautstärke. Es wird ein guter Tag. Rede ich mir ein.

It's better to burn out
than fade away

Im Büro ist das tägliche Belanglosmeeting bereits voll im Gange. Ich verstecke mich ganz hinten im großen Meeting-Raum und höre ein paar Minuten dem ewig gleichen Geschwafel zu. Wenn die Leute mehr arbeiten und weniger darüber reden würden, was sie gedenken zu arbeiten, würden wir vielleicht mal wieder ein Projekt erfolgreich abschließen. Ich checke meinen Terminkalender. Diese Woche habe ich noch achtzehn Stunden an Meetings vor mir. Das bedeutet wohl den Verzicht auf einige Mittagspausen und ein paar Stunden Nachtschlaf, wenn ich auch noch was von meiner wirklichen Arbeit erledigen möchte. Ich beginne meine Mails zu bearbeiten, während ich mit einem Ohr dem Vortrag unserer Geschäftsleitung zu den Monatszahlen lausche. Multitasking ist das Gebot der Stunde. Die ultimative Ausrede dafür zwei Dinge gleichzeitig und nichts davon richtig zu machen.

Als das Meeting vorbei ist, bin ich der erste, der aus dem Raum sprintet. Auf dem Weg zu meinem Platz begegne ich Benni. Er fragt mich, wie es beim Arzt war. „Alles paletti", antworte ich. Schlechten Menschen gehe es immer gut. Rossnatur. Unkraut vergehe nicht. Und der ganze Scheiß.

In den zehn Jahren, in denen ich hier arbeite, ist Benni der einzige, mit dem ich mich jemals über private Dinge unterhalten habe. Der einzige, den ich als Freund bezeichnen würde. Trotzdem ist diese Sache zu persönlich. Ich spreche nicht über meine Schwächen. Nicht über meine Unzulänglichkeiten. Grundsätzlich nicht. Mit niemandem. Ein körperliches Gebrechen fällt in diese Kategorie. Mir gefällt dieser Teil meiner Persönlichkeit nicht. Dieser ungesunde Hang zum Perfektionismus, aber so lebt es sich nun mal in meiner Haut.

Als ich es endlich schaffe, meinen Laptop einzuschalten, ist es beinahe Mittag. Ich will endlich die Kundenpräsentation für morgen fertig machen. Ich hasse es, so kurz vor einer DEADLINE noch nichts Handfestes zu haben. Allerdings weiß ich erst seit vierundzwanzig Stunden von dem Termin und ich muss noch Flüge und Hotelzimmer buchen und einen weiteren Meeting-Marathon absolvieren. Kurz gesagt, ich hatte noch keine Zeit, die Unterlagen vorzubereiten.

Das Telefon klingelt. Ich hebe ab und lausche dem Anliegen des Anrufers. Dann antworte ich in gebrochenem Englisch, darauf bedacht, CHs und CKs einzustreuen, um meiner stereotypen Vorstellung, wie ein Bewohner des ehemaligen OSTBLOCKS zu klingen hat, möglichst nahe zu kommen. Wir haben einem unserer Schweizer Kunden ein Servicepaket mit einer Supporthotline verkauft. Eine Hotline, die wir nicht haben. Folglich rufen die Vertriebspartner des Schweizers regelmäßig bei mir an und erwarten sich, dass der freundliche Oleg aus der Ukraine ihnen bei ihren Wehwehchen hilft. Warum wir ausgerechnet einen ukrainischen Supportmitarbeiter angepriesen haben, weiß ich nicht. Vielleicht aus Gründen der Authentizität. Jedenfalls tue ich mein Bestes, um der Erwartungshaltung zu entsprechen. Ich beantworte ausschweifend und akzentschwer Fragen, deren Beantwortung eigentlich keine zwei Sätze erfordern würde. Ich beende das Telefonat nach exakt 17:38 Minuten. Das wird dann in der Abrechnung natürlich auf eine halbe Stunde aufgerundet. Danach versuche ich erneut meine eigentliche Arbeit zu beginnen.

Der RED EYE Flug aus Amsterdam hat wie immer zwei Stunden Verspätung. Es ist Freitagabend. Das dauernde Reisen verwandelt mein Gehirn in einen Flokati. Wie ein demenzkranker Goldfisch, der immer die gleiche Runde dreht, sich aber doch nicht daran erinnern kann, schon mal hier gewesen zu sein. Ich bin seit zwölf Tagen nonstop unterwegs. Lediglich zwei bis drei Stunden Schlaf pro Nacht. Ich fühle mich, als hätte mich ein Güterzug überrollt. Es ist schwer zu beschreiben und ich glaube nicht, dass ein heißes Bad, ein Glas warme Milch und ein ordentlicher Nachtschlaf die Erschöpfung vertreiben werden. Dieses Gefühl ist ungesund. TOXISCH. Alles um mich herum wirkt unscharf. Die Kanten meines eigenen Lebens verschwimmen. Die vermeintliche Romantik dieses Zustandes, die Leute hinter diesem Lebensstil vermuten, während sie ganz glasige Augen vom Fernweh bekommen, erschließt sich mir schon lange nicht mehr. Ich will eigentlich nur noch heim.

Ich setze meine Kopfhörer auf und drehe die Musik so laut auf wie es geht ohne, dass mir die Trommelfelle reißen. Seit einiger Zeit habe ich ein unangenehmes Klingeln in den Ohren. Außerdem geht mir die betrunkene Schülergruppe vor mir auf die Nerven.

Kurz sehe ich die Reflexion meines Gesichts im Handybildschirm. Blass. Tiefe Ringe unter den Augen. Faszinierend wie diese kleinen schwarzen Spiegel unsere Wahrnehmung verzerren. Wie Trickspiegel in einem Vergnügungspark.

Ich höre mir das Debütalbum von The Velvet Underground an. Das mit der BANANE. Diese Platte ist der ultimative Soundtrack zu meinem First-World-Selbstmitleidsgehabe. Ich schließe die Augen und warte, dass der Flieger endlich in die dunkle, europäische Nacht abhebt.

I am tired
I am weary
I could sleep for a thousand years

am zug

„Ich bin schwanger." Die Stimme meiner Frau lässt mich hochfahren. Ich bin orientierungslos. Habe keine Ahnung wo ich bin. Ich drehe meinen Kopf und ein scharfer Schmerz durchzuckt meinen Körper. Es ist mein Nacken, der sich über die ungesunde Haltung beschwert, in der ich eingeschlafen bin. Ein rhythmisches Rattern holt mich langsam zurück in die Realität. Es ist Montagfrüh. Ich bin im Zug in die Hauptstadt. Das war nur ein Traum. Nur, dass es das nicht war.

Seit mir meine Frau gesagt hat, dass wir unser zweites Kind erwarten, bin ich fahrig. Ich habe Existenzängste. Schwitze viel und schlafe schlecht. Schlechter als sonst. Dabei ist es nicht so, dass ich mir nicht auch ein zweites Kind wünsche. Natürlich tue ich das. Aber, wenn eine Idee von einer Hypothese in etwas Reales mutiert, gebärt sie Zweifel. Als mich meine Frau auch noch mit der Vorstellung konfrontiert hat, ich könne ja diesmal bei den Kindern zu Hause bleiben, hat mein Verstand endgültig auf Alarmstufe Rot geschaltet und sich wie Bruce Willis in einen Aufzugsschacht verkrochen, um dort langsam zu sterben.

Ich lehne mich zurück, blicke in die Morgendämmerung hinaus, die draußen vorbeirast und versuche mir dabei dieses neue Leben, diese Möglichkeit vorzustellen. Das Bild einer anderen Zukunft blitzt in meinem Gehirn auf. Ist dann aber genau so schnell wieder verschwunden. Als wäre etwas in mir, das diese Idee zu unterdrücken versucht. Wie ein Körperfresser aus diesem Science-Fiction Roman, der sich an einem festsaugt und zu einem nüchternen Lohnsklaven macht. Gut, nüchtern ist übertrieben. Aber trotzdem. Warum fällt es mir so schwer, mir ein Leben abseits der Arbeit in der Agentur überhaupt vorzustellen? Gewohnheit? Angst? Krankhafte Identifikation mit meinem Job und dem gesellschaftlichen Status, den er mir verschafft? Aber ist das nicht alles Illusion? Die Bestsellerlisten und Zeitungskolumnen sind voll mit guten Ratschlägen, wie man sein Leben im 21. Jahrhundert zu führen hat. Work-Life-Balance. Auszeit vom Job. Die Zeit, die einem niemand zurückgibt. Bewusste Brüche im Lebenslauf. Rückbesinnung auf das Wichtige im Leben. Der ganze Sermon.

Ich betrachte die Männer – und es sind überwiegend Männer – die in ihre Sitze gedrückt werden. Als würde eine unsichtbare LAST auf ihnen liegen. Ihre Hautfarbe hat den blassgrauen Farbton der Zuggarnitur angenommen. Zumindest sieht es so aus. Aber da spielen mir meine müden Augen wohl einen Streich. Oder ich verliere endgültig meinen Verstand. Niemand spricht. Niemand tut irgendetwas. Niemand scheint lebendig. Sie starren nur geradeaus. Ihre Augen auf ein Ziel gerichtet, das sie unter Umständen niemals erreichen. Man muss sich mit dem Gedanken abfinden, dass dieser Zug nirgendwo ankommt. Dafür fahren wir höllisch schnell.

We're gettin' no place
fast as we can

Mit einem Schlag wird mir die Tragikomik meiner Situation bewusst. Der Situation, in der sich alle Passagiere hier befinden. Wir arbeiten nicht um zu überleben. Wir schuften nicht in einem Bergwerk unter Tage. Nicht in einem Sweat Shop in Bangladesch, wo der Sechzehnstundentag lediglich durch eine Mittagspause mit zwei Salztabletten und einem schnellen Toilettengang unterbrochen wird. Wir verhungern nicht, wir verdursten nicht und in Wahrheit laufen wir auch nicht wirklich Gefahr in nächster Zukunft von einem Religionsfreak in die Luft gesprengt zu werden. Ganz gleichgültig, was uns die Zeitungen einzureden versuchen. Wir haben gute Jobs, ein schönes Zuhause und sind alle satt und sicher. Was dieser Umstand jedoch mit sich bringt, ist in erster Linie die Frage nach dem Sinn. Uns dürstet nach Erfüllung. Wir haben einen unbändigen Hunger nach einer tieferen Sinnhaftigkeit. Und die Stupidität und mangelnde Nachhaltigkeit unserer kapitalistischen Welt frisst uns auf. Wir reden uns ein, dass unser Wohlstand mit unserer Leistung erkauft wird. Das ist BLÖDSINN. Er kostet uns unendlich viel mehr. Er kostet uns ZEIT. Lebenszeit, die uns zwischen den Fingern zerrinnt, während wir glauben, irgendeine Erfüllung in einer nutzlosen Erwerbstätigkeit zu finden.

Ich lege meinen Kopf in meine Hände und atme schwer. Mir ist nach Heulen zumute. Und ja, SELBSTMITLEID spielt hier eine große Rolle. Ich kann es nicht fassen, wieviel Zeit ich bereits vergeudet habe. Mein Vater ist vor seinem fünfzigsten Geburtstag gestorben. Mein Großvater auch. Und mein Onkel ebenfalls. Jedes Mal war es ein Autounfall. Was hat das nun zu bedeuten? In erster Linie, dass sich Männer in meiner Familie wohl besser aus dem Straßenverkehr raushalten sollten. Aber nach dem GESETZ der Wahrscheinlichkeit könnte es auch bedeuten, dass mir nicht mal mehr fünfzehn Jahre bleiben. Maximal. Der Gedanke macht mir ANGST. Mein Magen verkrampft sich. Mir ist schlecht. Der Zug und alle Insassen verschwimmen vor meinen Augen zu einem einzigen grauen RAUSCHEN. Ich schließe die Augen. Spreche mir selbst Mut zu. Dabei klingt die Stimme in meinem Kopf wie eine Figur aus einem Shakespeare Stück.

Noch einmal stürmt, noch einmal!

Als ich aussteige, habe ich meinen Entschluss gefasst. Es wird Zeit. Ich bin müde. Und ich bin es leid. Ich bin zynisch. Antriebslos. Und das will ich nicht mehr. Ich krame mein Handy aus der Tasche und schreibe meiner Frau eine Nachricht. Nur drei Worte: ICH BIN DABEI.

Wir sollten uns das Ganze doch noch mal überlegen. Der Rechtsberater der Arbeiterkammer schwitzt merklich. Er scheint von unserer Anfrage überfordert zu sein. Wischt sich immer wieder über sein schütteres Haupthaar, was einen Blizzard aus Schuppen erzeugt. Ich presse die Lippen aufeinander, um nichts davon einzuatmen. Meine Frau – selbst Juristin – erklärt ihm die Situation nochmals langsam und eindringlich, mit der Geduld eines buddhistischen Mönches.

Wir haben Anspruch auf vierzehn Monate bezahlte Elternkarenz. Die Karenz kann auf beide Elternteile aufgeteilt werden, wobei darauf zu achten ist, dass kein Teil kürzer als zwei Monate sein darf. Der Blizzard aus der Arbeiterkammer nickt zustimmend. Genauso stehe es im Gesetz, bestätigt er uns. Das Problem dabei, fährt meine Frau fort, ist, dass der verpflichtende Mutterschutz nicht als Karenzteil angerechnet, das Geld dafür aber vom Karenzgeld abgezogen wird. Um nun unseren Anspruch geltend machen zu können, müsse sie insgesamt fast ein halbes Jahr zu Hause bleiben, weil wir ansonsten mit einer Beihilfenkürzung zu rechnen hätten.

Der Blizzard wischt sich den Schweiß von der Stirn. Mir platzt vom bloßen Zuhören fast schon der Kopf. Darum konzentriere ich mich lieber auf das Klingeln in meinen Ohren. Meiner Frau hingegen macht das Spaß. „Das kann ja nicht der Sinn des Gesetzes sein“, sagt sie und starrt den Rechtsberater an, der hinter seinem Schreibtisch im Sekundentakt zu schrumpfen scheint. Es könne ja nicht der Sinn des Gesetzes sein, die Frau möglichst lange am Herd und den Mann möglichst lange von den Kindern fernzuhalten. Es könne ja nicht sein, dass sie als Frau dafür bestraft werde, zurück in ihren Job zu wollen, während ich als Mann daran gehindert werde, meinen Teil zur Kindererziehung beizutragen. Wäre die Situation nämlich andersherum, würde sich diese Frage nicht stellen. Daher handle es sich hierbei um einen klaren Fall von Diskriminierung. Bei dem Wort zuckt der Blizzard zusammen wie ein Hund, dem man mit der Zeitung auf die Schnauze geschlagen hat. Er beginnt etwas zu stottern, doch meine Frau will davon nichts hören. Was sie wolle, erklärt sie ihm, sei, einen Musterprozess mit der Hilfe der Arbeiterkammer zu führen, um diese Situation gerichtlich zu klären. Das ganze Blut ist aus dem Gesicht des Blizzards gewichen. Wieder beginnt er zu stottern. „Also, da müsse man ... so einfach ist das nicht ... und überhaupt müsse er prüfen ... und wegen seines Vorgesetzten ... und überhaupt ...“ Wir hören uns sein Juristen-Tourette eine Zeit lang an, dann stehen wir auf, danken ihm für seine Mühe und gehen.

Meine Frau grinst belustigt, während ich den Kinderwagen mit unserem zwei Wochen alten Sohn die Treppe des wirklich nicht barrierefreien Eingangs hinunterschleppe wie ein Großstadtsherpa. Kurz frage ich mich, was sie so lustig findet. Die Rechtsberatung oder meinen Kampf mit dem Kinderwagen. Eigentlich hoffe ich im Moment aber nur, keinen Herzinfarkt zu kriegen. Die Frage nach den beiden Karenzteilen wäre dann zwar geklärt, es wäre aber schon irgendwie ein Downer.

Man solle mich mit einem nassen Fetzen verjagen, meint mein Vorgesetzter. In seinen Augen ist es eine Schande, wie ich freiwillig meine Maskulinität an den Nagel hänge. Ich versuche ruhig zu bleiben, meinen Ärger zu unterdrücken. Aber ich fühle, wie mein

Herzschlag schneller wird. Schweiß steht mir auf der Stirn. Trotzdem bringe ich es fertig, zu lächeln. Ich fühle mich wie der Joker, so unecht fühlt sich diese Fratze an. Ich muss dieses Gespräch beenden. Rasch.

Ob seine Reaktion dieselbe wäre, wäre ich eine Frau? Ich finde die Frage angebracht. Er weniger.

„Was glaubst du eigentlich, warum wir so gut wie nie Frauen einstellen? Sicher nicht, damit so ein Kollegenschwein wie du sich in Karenz verpisst und uns hier im Stich lässt." Ich stehe auf, versichere meinem zukünftigen Ex-Chef, dass ich mich in meiner verbleibenden Zeit professionell wie immer verhalten werde und verlasse sein Büro.

„Verdammt richtig! Das wirst du", schreit er mir hinterher. „Ich lass' mich von dir nämlich sicher nicht ficken, wie eine dahergelaufene Agenturfotze!"

Als wir in unserem Stammlokal sitzen, kann keiner meiner Kollegen, allen voran Benni, verstehen, wie ich es geschafft habe, ihm nicht an die Gurgel zu gehen. Es ist früher Abend. Trotzdem wimmelt das Halbdunkel schon von überengagierten Nachtschwärmern. Wir sitzen wie immer an der langen Steintheke und trinken Bier. Ich werde diese Abende vermissen. Die Kameradschaft. Das Sudern. Wahrscheinlich ist es das Bier, das in mir diese plötzliche Sentimentalität auslöst. Und wenn schon. Heute gönne ich mir eine Extraportion Selbstmitleid, wohl wissend, dass es nichts gibt, das mir leidtun müsste. Am wenigsten meine LEBENSSITUATION, die ich mir selbst ausgesucht habe.

Ich deute der Kellnerin, dass sie uns noch eine Runde bringen soll. Wir stoßen an. Auf die gemeinsam verbrachte Zeit. Wahnsinnig melodramatisch. Dann herrscht Stille. Niemand sagt etwas. Jeder von uns ist einen Augenblick lang eine Geisel seiner eigenen Gedanken. Dann sagt Benni, mit leerem Blick in sein halbvolles Bier starrend, dass er es ganz großartig fände, was ich zu tun gedenke. Aber er könne sich das nicht vorstellen. Den ganzen Tag. Daheim. Ohne AUFGABE.

Nun würde es mehrere Möglichkeiten geben, um darauf zu reagieren. Manche adäquater als andere. Aber ich sage nichts. Zu oft habe ich in den letzten Wochen eine Variante dieses Schauspiels erlebt. Mit Freunden, Kollegen, Verwandten. Alle finden es immer total, fraglos, absolut super, was ich vorhabe. Aber für SIE wäre das nichts. SIE könnten sich das nicht erlauben. In IHRER Position wäre das unmöglich. SUBTEXT: Als wirkliches, einflussreiches Alphamännchen tut man sowas nicht. Das bekam ich in erster Linie von Männern zu hören. Frauen waren in der Regel verständnisloser.

Anfangs hat mich das verunsichert. Existenzangst machte sich breit. Ist das ein FEHLER? Gefährde ich meine KARRIERE? Werde ich in meine POSITION zurückkehren können? Oder einen neuen Job finden? Danach ein Haufen neuer Fragen. Wofür arbeite ich? Für das Wohlergehen der Firma? Für das meiner Familie? Für mich? Ist jetzt nicht der perfekte Zeitpunkt für einen Perspektivenwechsel? Mein Leben neu zu ordnen? Neu fokussieren? Und ist es letztlich nicht einfach nur mein männliches EGO, das mich an der Entscheidung zweifeln lässt? Müssen sich nicht auch Frauen tagein tagaus mit solchen Fragen herumschlagen?

Nein, die Entscheidung, die ich zu treffen habe, hat nichts Existenzielles an sich. Sie ist kein zu erbringendes Opfer. Sie ist nicht mal etwas Besonderes. Ich bin nichts Besonderes. Diese Erkenntnis befreit und erlaubt einem Gleichgültigkeit gegenüber gut gemeinten, aber schlecht formulierten Ratschlägen. Also tue ich das einzig Richtige. Ich ignoriere Benni und bestelle noch ein Bier.

An den restlichen Abend kann ich mich kaum erinnern. Ein, zwei Teller Pasta in der kleinen Vinothek, in der wir immer abhängen. Ein paar Liter italienischer Rotwein. Ein Sack billiges Gras. Dann der Club. ALTERNATIVE ROCK NIGHT. Schwitzende Körper. Dröhnender Bass. Noch mehr Alkohol ...

This world belongs to them
Now they can keep it

Am nächsten Tag ist mir schlecht. Der Kater kriecht meine Wirbelsäule hoch, zerkratzt mir meine Stirn und krallt sich hinter meinen Augäpfeln fest. Ich schlucke eine Handvoll Schmerzmittel, gemischt mit den Schwangerschaftstabletten meiner Frau. Die helfen eigentlich immer. Dann beginne ich mit den Reparaturarbeiten, in der Hoffnung, die Ruine, die ich meinen Körper nenne, noch einmal vor dem Einsturz zu bewahren. Mittendrin wird mir schwindelig und ich muss mich aufs Bett setzen. Ich fühle, wie mein Herz gegen meinen Brustkorb hämmert wie ein Gefangener auf Speed. Ruhig bleiben. Ein- und ausatmen. Doch irgendwie scheint meine Lunge nicht in der Lage zu sein, genug Sauerstoff in meinen Körper zu saugen. Ich beginne zu hyperventilieren. Ich versuche mich abzulenken. Mich auf etwas anderes zu konzentrieren.

Mein Blick fällt auf die Visitenkarte auf meinem Nachttisch. Es ist eine schöne Karte. Simples, schwarzweißes Design. Der Firmenname in einer unaufdringlichen, aber stilvollen Typographie gehalten. KOBALT. Wo habe ich die her?

Ich lege mich hin und schließe meine Augen, um den Schwindel zu bekämpfen. Langsam tauchen einige Bilder aus dem Nebel der vergangenen Nacht auf. Der Club. Bennis Bekannter. Ein großer, schlaksiger Typ. Vielleicht Mitte vierzig. Teurer Slim Fit-Anzug. Nicht wirklich sympathisch. Aber er hatte Gin. Die gute Sorte. Und einen Tisch im VIP Bereich.

Irgendwann habe ich ihn gefragt – wie das in unserem Alter erwartet wird – was er denn beruflich mache. Er hat mir seine Karte rübergeschoben und es mir erklärt. Aber – wie es in unserem Alter der Realität entspricht – habe ich ihm nicht zugehört, nicht wirklich. Er erzählte mir irgendwas von technischen Komponenten für medizinische Geräte. Sie lassen die Teile billig in Myanmar oder Bangladesch oder irgendwo anders in der Dritten Welt für einen Hungerlohn fertigen und verkaufen sie dann mit einem horrenden Aufpreis an Firmen in Europa, wo sie in allen möglichen Produkten verbaut werden. Messgeräten. Inhalatoren. Billiger Ramsch, den man beim Diskonter ums Eck kaufen kann. Aber auch immer mehr Ärzte und Krankenhäuser würden Geräte mit ihren Produkten verwenden. Wie es mit der Qualitätssicherung aussehe, wollte ich wissen. Er wischte die Bemerkung mit einer Handbewegung beiseite wie eine lästige Fliege. Der Auftritt müsse stimmen. Das Image sei alles, was zählt. Außerdem würden die Firmen zusammen mit dem Kaufvertrag einen Haftungsverzicht unterschreiben, der KOBALT von allen Ansprüchen befreite. „Niemand liest heute noch das Kleingedruckte“, sagte er und prostete mir zu.

Ich lege die Karte weg. Massiere meine Schläfen. Mein Herz galoppiert wie eine Wildschweinherde. Ich ziehe eine andere Karte aus meiner Brieftasche. Eine ganz bestimmte Karte. Ich habe plötzlich das dringende Bedürfnis etwas zu unternehmen. Etwas zu tun, damit es mir endlich wieder besser geht. Und auf diese Art, denke ich, bleibt es mir zumindest erspart, mir eine neue Ärztin zu suchen. Ich schalte mein Handy ein und wähle die Nummer auf der Karte. Ich vereinbare einen Termin beim DRITTEN AUGE.

am dritten auge blind

Meine erste Sitzung beim DRITTEN AUGE neigt sich dem Ende zu. Hoffentlich. Der Weihrauch kratzt im Hals. Und er vermag nur bedingt den anderen Geruch zu überdecken, der mir seit geraumer Zeit in die Nase steigt und mich an ungewaschene Füße erinnert. Meine Therapeutin, Begleiterin, wie sie es nennt, mustert mich mit zusammengekniffenen Augen. Ihr Name ist Ines oder Iris. So genau habe ich das wegen ihres Sprachfehlers nicht verstanden. Offenbar ist sie mit unserem Fortschritt nicht zufrieden. Dabei haben wir wirklich den ganzen Hokuspokus durch. Meine Aura wurde ausgependelt. Ich habe Minuten lang bewusst geatmet, bis ich alles Menschliche ablegte und zu einem brunftigen Hirsch mutiert bin. Danach hat sie mich an ein Bioresonanzgerät angeschlossen. Ich habe keine Ahnung, was das Ding eigentlich macht, aber Irines versichert mir mit eindringlicher Stimme, dass die Situation ernst sei. Mein Stirnchakra sei vollkommen blockiert. Dadurch sei es mir nicht möglich, meine Aufmerksamkeit auf das wirklich Wichtige im Leben zu richten. Das wiederum hätte zur Folge, dass ich nicht im Einklang mit dem Kosmos agiere. Diese Dissonanz sei der Grund für meine körperlichen Beschwerden. Oder so ähnlich. Offenbar zeige ich zu wenig Erschütterung ob dieser katastrophalen Nachricht, denn sie sagt, jetzt noch eindringlicher, was bei ihr zu Folge hat, dass sie immer mehr nuschelt:

„Wenn Sie Ihren Körper wieder in Einklang bringen wollen, müssen wir erst Ihren Geist ausbalancieren. Und dabei gelangen Sie dann zu Erleuchtung und Glückseligkeit."

„Und wie mache ich das?"

„Da gibt es mehrere Möglichkeiten. Meditation.

Bestimmte Quijong-Stellungen ...“ Sie verstummt. Sie schließt die Augen und atmet tief ein und aus, um mir zu zeigen, dass sie über etwas Wichtiges nachdenkt. Oder brunftig ist. Wer weiß das schon so genau. Schließlich will sie wissen, ob ich tatsächlich LITERATUR studiert habe. Tatsächlich verfluche ich mich dafür, dieses Detail meiner Vergangenheit während meines Aufnahmegesprächs überhaupt erwähnt zu haben. Ich wappne mich innerlich schon gegen die üblichen Plattitüden wie großartig und interessant das doch sei. Aber es kommt nichts. Gar nichts.

Als ich bereits befürchte, Irines sei eingeschlafen, sagt sie schließlich: „Ich würde es bei Ihnen gerne mit Bibliotherapie versuchen.“ Lange Pause.

Meine zur Schau getragene Unwissenheit veranlasst sie dann schließlich doch noch zu einer Erklärung. „Bibliotherapie ist eine künstlerische Therapieform, die durch die Heilkraft der Sprache Heilungsprozesse unterstützt, Probleme löst und Persönlichkeitsentwicklung fördert.“

Mit anderen Worten, ich solle lesen. Mir ganz bewusst Zeit nehmen, jeden Tag zu lesen. Zumindest fünfzig Seiten täglich. Bezüglich des Inhaltes ist sie sehr präzise. Horror. Horrorromane, Horrorkurzgeschichten. Je blutiger desto besser. Keine romantische Lyrik. Keine erbauende Prosa, in der Hippies über taubedeckte Almwiesen laufen und über den Sinn des Lebens schwadronieren. Keine Selbsthilfebücher oder Ratgeber. Mein Geist dürste nach Zerstörung und Veränderung. Und diese Medizin müsse ich ihm in ihrer radikalsten Form verabreichen, damit er für das Schöne und Wunderbare in meinem Leben offen sei.

Am liebsten würde ich zur Feier des Tages ein Räucherstäbchen anzünden, belasse es aber bei einem

Lächeln und einem Nicken. Ich würde mir Zeit nehmen ein paar Bücher zu lesen und mit Irines darüber zu sprechen. Im Gegenzug würde mir meine Ärztin endlich die Medikamente verschreiben. Mens sana in corpore sano.

Die Verkäuferin in der Buchhandlung strapaziert meine Geduld. Nachdem ich mich durch Kubikmeter von schlechten Thrillern mit Titeln, die an Namen schlechter Wrestler erinnern, gekämpft habe. Nachdem ich mich durch einen monsterhaften Stapel Fantasy-Schund, bei dem nicht nur alle Titel, sondern auch alle Buchcover ident schlecht sind, gewühlt habe. Nachdem ich die Reihe mit Stephen King-Romanen durchgesehen und eingesehen habe, dass ich erstens schon die meisten kenne und es zweitens nicht mehr 1992 ist, als mich King noch mit einer Geschichte überraschen konnte. Nach all dem habe ich beschlossen, diese literarische Wursttheke zu verlassen – nein, es darf nicht ein bisschen mehr sein, es muss anders sein – und eine Fachkraft um Hilfe zu bitten.

Jetzt hält mir die Fachkraft gerade etwas unter die Nase, was sich Regionalkrimi schimpft. Und ja, darin käme ein Toter vor. Aber auch eine Menge Humor und Lokalkolorit. Am liebsten würde ich ihren Kopf packen und sie anbrüllen. Ich brauche Blut! Ich brauche Abgründe und das Grauen der menschlichen Existenz. Ich brauche DAS, um mich besser zu fühlen. Um GESUND zu werden. Können Sie das nicht sehen?

Ich bedanke mich höflich und gehe nach Hause.

Am Abend sitze ich mit meiner Frau auf dem Sofa. Die beiden Kinder sind im Bett. Es könnte ein schöner Abend zwischen zwei Erwachsenen sein. Stattdessen wische ich wie ein Besessener über den Bildschirm meines Smartphones, während mein Blick zwischen der romantischen Komödie im Fernseher und den Buchangeboten auf meinem Handy hin und her springt. In diesem Moment wünsche ich mir ein drittes Auge. Ich weiß aber, dass das einzige was es sehen würde, meine Frau wäre, die mich aus den Augenwinkeln beobachtet und – wie ich mir einbilde – verurteilt. Ich weiß, dass ich nicht loslassen und nur schwer abschalten kann. Wenn ich etwas zu erledigen habe – und sei es auch noch so unwichtig – muss das immer sofort passieren. Sonst werde ich unruhig. Laufe im Zimmer auf und ab und versprühe schlechte Laune wie Monsanto Glyphosat. Das alles ist mir bewusst, aber ich kann nichts dagegen machen. Ich kann es nicht ändern, so sehr ich es mir auch vornehme. Und es tut mir auch leid. Es tut mir leid, dass ich diesen gemeinsamen Moment zu zweit nicht ungestört mit ihr verbringen kann. Es tut mir leid, dass ich abgelenkt bin. Aber ich MUSS jetzt diese verfluchten Bücher für mich finden!

If it's something I want then it's something I need
I wasn't built for comfort I was built for speed

Endlich geschafft! Die Uhr am Herd zeigt 2:37 Uhr. Aber ich habe meine Bücher. Meine Frau ist vor Stunden ins Bett gegangen. Sie hat mich geküsst und mir eine gute Nacht gewünscht. Sie hat sich nicht beschwert oder mir mein Verhalten vorgeworfen. Macht sie nie. Ich habe Glück.

Nach Stunden der Recherche bin ich durch Zufall auf ein kleines Verlagshaus in Richmond, Virginia gestoßen. Die geben eine Reihe heraus, die sich PAPERBACKS FROM HELL nennt. Wiederveröffentlichungen von Horrorromanen aus den späten Siebzigern und Achtzigern. Die Romane waren damals schon trashig und nicht wirklich um stilistischen Facettenreichtum bemüht. Eher der Mähdrescher als die feine Klinge. Im Lauf der Jahre sind sie – anders als guter Wein – um nichts besser geworden. Roh und ungeschliffen. Seit Jahrzehnten in keiner Buchhandlung erhältlich. Meine persönliche Medizin. Ich habe dem Verleger, James, geschrieben und mit ihm um ein Abo gefeilscht. Nach einigem Hin und Her hat er sich einverstanden erklärt, mir die Bücher zu einem Vorzugspreis nach Österreich zu schicken. In ein paar Tagen würde ich die gesamte Reihe auf meinem Schreibtisch haben.

Zufrieden klettere ich in mein Bett und schließe erschöpft die Augen. Alles ist vorbereitet und organisiert. Ich bin bereit. In drei Tagen beginnt meine Elternkarenz und damit mein neues Leben.

alles im griff

Jeder, der glaubt, mit zwei kleinen Kindern genügend Zeit zum Lesen zu finden, hat keine zwei kleinen Kinder. Man hat nicht genug Zeit zum Lesen. Man hat nicht mal genug Zeit zum Schlafen, in Ruhe zu essen oder unbeobachtet aufs Klo zu gehen.

Ich habe gerade meinen Großen in den Kindergarten gebracht. Normalerweise würde der Weg hin und zurück zehn Minuten dauern. In letzter Zeit jedoch brauche ich dafür fast eine halbe Stunde. Seit meine Frau wieder arbeitet und ich beim Morgenappell das Kommando führe, will mein Sohn nicht mehr im Kindergarten bleiben. Sobald ich ihm Jacke und Schuhe ausgezogen habe und ihn zu den anderen ins Gehege schieben will, klammert er sich an meinem Bein fest. Da ich seinen kleinen Bruder vor die Brust geschnallt habe, bin ich im Nachteil. Meine Bewegungsfreiheit ist eingeschränkt und ich kann meine körperliche Überlegenheit nicht ausspielen. Das weiß er. Kinder können deine Schwäche riechen. Wie die meisten Raubtiere. Und so führen wir zur Belustigung der anderen Eltern täglich unsere kleine Nummer auf. Ich in der Hauptrolle, beim Versuch auf einem Bein hüpfend aus der Tür zu flüchten. Er als mein Gegenspieler, mit dem Wunsch mich mit aller Kraft und seinem gesamten Körpergewicht davon abzuhalten. Bis eine Betreuerin schließlich dazwischen geht und ihn von mir wegzerrt.

Wieder zuhause spüle ich meine Blutdrucktabletten – mein Frühstück für heute – mit einem Schluck Leitungswasser runter. Den Rest des Wassers will ich in den Ausguss schütten. Dabei vergesse ich, dass mein jüngster Sohn immer noch im Tragegeschirr vor meiner

Brust hängt. Versehentlich schütte ich ihm das Glas Wasser ins Gesicht. Das löst einen Schreianfall aus, der erst endet, als er etwas zu essen kriegt.

Nachdem er endlich eingeschlafen ist, setze ich mich an meinen Schreibtisch und kontrolliere meinen Blutdruck. Das sündhaft teure Messgerät hat mir meine Ärztin empfohlen. Sie war auch so freundlich, mir gleich eines zu verkaufen. Das Ergebnis der Messung ist ernüchternd. Ich habe seit geraumer Zeit die Vermutung, dass die verschriebenen Medikamente nicht wirken. Von den Nebenwirkungen mal abgesehen. Von denen tauchen bei mir mehr als genug auf. Ich habe eine chronische Nasen- und Halsentzündung, was das Schlucken sehr schmerzhaft macht. Mein Mund ist so trocken, dass ich fürchte, er könnte Risse bekommen wie zu heißer Asphalt. Mein Kopf ist ständig kurz davor zu platzen. Das Herzrasen und das Klingeln in den Ohren sind schlimmer denn je. Ich habe Erektionsstörungen und einen Durchfall epischen Ausmaßes. Ansonsten fühle ich mich körperlich fit.

Bei meiner letzten Kontrolluntersuchung habe ich meine Ärztin damit konfrontiert. Meine Werte haben sich in letzter Zeit verbessert. Cholesterin- und Harnsäurespiegel sind deutlich gesunken. Meine Schilddrüsenfunktion sowie meine Nieren- und Leberwerte sind auch in Ordnung. Ich habe sogar ein paar Kilo abgenommen. Ich ernähre mich gesünder und meine Kinder zwingen mich dazu, immer in Bewegung zu bleiben. Und genau hier liegt das Problem. Es gibt keine organische Ursache, die als Erklärung für meinen immer noch viel zu hohen Blutdruck dienen könnte.

„Er schießt immer noch durch die Decke, trotz allem, was wir versucht haben“, sage ich.

„Sie müssen einfach Geduld haben.“
Ich könnte aus der Haut fahren.

Es ist Samstag. Unser Sohn ist zu einer Geburtstagsfeier eingeladen. Wir stehen an der Kasse vom BUBBLEGUM. Ein Kinderclub. Mit einem gigantischen Indoor-Spielplatz. Im obersten Stockwerk eines Einkaufszentrums. Es handelt sich dabei um so etwas wie eine Hochsicherheitsverwahrung für Kinder zwischen drei und zehn Jahren. Wahrscheinlich, um manche von ihnen sanft auf den bevorstehenden Jugendstrafvollzug vorzubereiten.

Ich schaue zu meinem Sohn rüber, dem man gerade ein kleines Plastikteil an sein T-Shirt tackert. Diese Dinger kenne ich sonst nur aus Boutiquen, wo sie sündhaft teure Kleidungsstücke, die in Bangladesch liebevoll von Kinderhänden zusammengenäht wurden, vor Diebstahl schützen sollen. Im BUBBLEGUM werden sie als eine Art elektronische Fußfessel verwendet. Sollte mein Sohn das Gelände allein verlassen, würde ein Alarm ausgelöst und eine Horde muskelbepackter Securities würde über ihn herfallen und ihn zurück in Sicherheit schleifen. So in der Art stelle ich mir das zumindest vor. Wohl wissend, dass diese Art von Club über kein Security-Personal verfügt.

Das war in den Spelunken, in denen ich meine Samstage früher verbracht habe, anders. Läden wie das ALCATRAZ, das ROXY oder das UNDERGROUND. Glatzköpfige, ganzkörpertätowierte Barbaren haben dort die Eingangstore bewacht, stets bereit, dir mit einem Taser die Genitalien zu rösten, wenn du dich nicht an die Regeln gehalten hast. Es war einfach herrlich. Damals waren Wochenenden noch etwas, auf das man sich freuen konnte. Heute ist das anders.

Auf die Zeit zwischen Freitag nachmittags und Sonntag abends bereitet man sich seelisch vor. Wie auf einen Schwergewichtskampf. Aber man freut sich nicht wirklich drauf. Der nahende Alltag einer neuen Woche hingegen bringt schon mehr als ein kleines bisschen Erleichterung mit sich. Ein Kindergeburtstag im BUBBLEGUM ist da wie ein Lichtstrahl am Horizont für Eltern, die ein paar freie Stunden verbringen wollen. Eltern sind im Club nämlich nicht erlaubt.

Und so fühlt es sich tatsächlich ein wenig nach Urlaub an, als meine Frau und ich, Hand in Hand durch die von künstlichem Licht durchfluteten Gänge des Einkaufszentrums schlendern. Unser kleiner Sohn schläft im Kinderwagen, den ich lässig mit einer Hand vor mir herschiebe. Ich habe alles im Griff.

Wir sitzen in einem Café. Trinken etwas. Unterhalten uns. In Ruhe. Dann geht meine Frau zu ihrem Friseurtermin. Ich bleibe. Bestelle noch einen Cappuccino mit Milchschaum und ziehe das erste Buch meiner PAPERBACKS FROM HELL Reihe aus der Tasche. Bis jetzt hatte ich noch keine Gelegenheit mit meiner verordneten Bibliotherapie zu beginnen. Das würde sich aber nun umgehend ändern.

Nach ein paar Minuten der Ruhe rührt sich etwas im Kinderwagen. Der Kleine ist wach. Kein Problem. Ich hebe ihn aus dem Wagen. Bemerke den strengen Geruch. Den dunklen Fleck auf seiner Hose, der schnell größer wird. Jetzt ist Eile geboten. Ich sprinte mit ihm auf die Toilette. Das Café verfügt über keinen Wickelraum. Also gehe ich aufs Männerklo. Schließe mich in einer Kabine ein. Eventuell hätte ich mir das vorher besser überlegen sollen, aber für ausgefeilte Pläne ist jetzt keine Zeit.

Ich klappe den Klodeckel runter, setzte mich drauf, lege meinen Sohn auf meine Oberschenkel und beginne meinen Kampf. Gegen die tausend Knöpfe an seiner Kleidung. Das begrenzte Platzangebot. Meine aufsteigende Übelkeit.

Zweimal muss ich würgen. Ich hoffe, dass mich hier drin niemand hören kann. Beim zweiten Mal fällt mir die frische Windel hinter die Kloschüssel. Immer noch sitzend versuche ich sie zu finden, indem ich eine Hand über den verdächtig feuchten Fliesenboden gleiten lasse. Meinen Sohn, der mittlerweile aus voller Kehle schreit, habe ich mir unter den anderen Arm geklemmt.

Als ich fertig bin – und mein Sohn mich grinsend anstarrt, mit sich und der Welt offenbar wieder im Reinen – gehe ich zum Waschbecken und wasche meine Hände und mein Gesicht. Mehrfach. Ein Seuchenteppich wäre wohl angebracht, aber ich arbeite mit dem, was mir zur Verfügung steht. Ich werfe einen Blick in den Spiegel. Meine Haare sind zerzaust. Mein T-Shirt ist schweißnass und klebt an meinem Oberkörper. Ein brauner Streifen ist auf dem weißen Stoff sichtbar. Er verläuft von meiner linken Schulter hinunter bis auf die Höhe meines Bauchnabels. Ich habe keine Ahnung, wie das geschehen konnte. Ich weiß nur, dass ich ein neues T-Shirt brauche. Sofort.

Vornübergebeugt wie der Glöckner von Notre Dame schleiche ich aus der Herrentoilette und durch den großen Gastraum in Richtung Ausgang. Dabei bemerke ich an einem der hinteren Tische Irines, die dort zusammen mit meiner Ärztin sitzt. Lachend. Händchenhaltend. Sich verliebt in die Augen schauend. Irritierend. Denke ich. Will mich mit dem Gedanken aber nicht länger aufhalten. Die beiden sollen mich auf keinen Fall in diesem Zustand sehen. Soviel Würde glaube ich noch in mir zu haben. Also schleiche ich weiter. Zur Tür raus.

Die Verkäuferin in der Boutique nebenan macht nicht einmal den Anschein so zu tun, als sehe sie den Fäkalstreifen auf meiner Brust nicht. Mit einem süffisanten Grinsen starrt sie mich an, während sie das überteuerte T-Shirt einscannt. Ihr Blick ist der, dem man einem Kind zuwirft, bevor man unweigerlich die rhetorische Frage folgen lässt: „Habe ich es dir nicht gesagt?" Eine Frage, auf die man sich genauso wenig eine Antwort erwartet, wie ich mir darüber Gedanken machen will. Über den Punkt bin ich hinaus. Stolz ist mir plötzlich so fremd wie Swahili.

Nachdem ich bezahlt habe, ziehe ich mir vor der immer noch starrenden, aber nicht mehr grinsenden Verkäuferin mein altes T-Shirt aus und mein neues an. Das alte stecke ich in den kleinen Plastiksack, den meine Frau immer bei den Wickelutensilien verstaut und dessen Funktion sich mir erst jetzt offenbart. Dann verlasse ich ohne ein weiteres Wort das Geschäft.

Zurück im BUBBLEGUM bin ich mir sicher, nichts in meinem Leben auch nur annähernd noch im Griff zu haben. Ich lasse meinen Sohn holen und gebe mich der Atmosphäre hin, die einen mit ihrer Mischung aus Schweiß und Chaos frontal angreift. Die Szenerie scheint direkt aus DER HERR DER FLIEGEN entnommen worden zu sein. Gebrüll. Geheul. Und ich könnte schwören, dass ich gesehen habe, wie sich in einer Ecke ein paar Kinder Waffen aus spitzen Gegenständen basteln. Aber wahrscheinlich spielen mir meine Nerven einen Streich. Rieche ich Rauch?

Schließlich gelingt es, meinen Sohn einzufangen. Jetzt steht er vor mir. Kriegsbemalung im Gesicht. Nackter Oberkörper. Natürlich hat er keine Ahnung, wo er sein T-Shirt gelassen hat. Seine Augen sind große dunkle Scheiben. Ich sehe in ihnen das Adrenalin und die Unmengen von Zucker, die durch seinen kleinen Körper gepumpt werden. In diesem Moment weiß ich, dass es an der Zeit ist, für die paar freien Stunden zu bezahlen.

„Ich bin's, Benni." Seine Stimme klingt gedämpft, als würde er flüstern. Sie hat diesen konspirativen Unterton, den sie immer bekommt, wenn er etwas ausheckt. Als ich die Nummer vom Büro auf meinem Display gesehen hatte, beschleunigte sich mein Puls. Und weil alte Gewohnheiten leider nur sehr schwer tot zu kriegen sind, schossen mir, noch bevor ich abhob, einige Fragen durch den Kopf. Was ist passiert? Ist etwas schiefgelaufen? Etwas mit einem meiner Kundenprojekte? Habe vielleicht sogar ich einen Fehler gemacht? Unwahrscheinlich. Aber doch möglich, oder?

Insgeheim habe ich mit solchen Anrufen früher und häufiger gerechnet. Aber nach meinem letzten Tag in der Agentur schien es, als wäre ich niemals dort gewesen. Eigentlich habe ich es mir genau so gewünscht. Auszeit. Keine Fragen. Keine Anrufe. Kein Zurückblicken. Aber mit seinen Wünschen sollte man vorsichtig sein. Sie könnten sich erfüllen.

Das Tempo, mit dem man heute den Abstieg von UNENTBEHRLICH zu WERZUMTEUFELBISTDUDENN vollzieht, ist schwindelerregend. Mir kann das nicht passieren? Mir ist das egal? Nun, mein EGO denkt in diesem Augenblick anders darüber. Aus diesem Grund führe ich das Gespräch mit Benni jetzt auch mit einer merkwürdigen Mischung aus Widerwillen und Erleichterung.

„Bei uns hat sich einiges getan in den letzten Wochen", sagt er. „Neues Management. Umstrukturierung. Neue strategische Ausrichtung."

„Aha." Ich habe online davon gelesen. Möchte ihm das aber nicht sagen. Einerseits würde das verraten, dass ich immer noch – wenn auch nur hin und wieder – an den Job denke. In meiner verschrobenen Vorstellung würde das dazu führen, dass die Leute meine Entscheidung als Fehler ansehen könnten. Mir ist es egal, was andere über meine Entscheidungen denken? Nun, das gebe ich vielleicht vor. Aber das ist es nicht. Zeigt mir einen Menschen, dem es tatsächlich egal ist, was sein Umfeld über sein Handeln denkt und ich zeige euch einen Soziopathen.

Andererseits möchte ich seine unverfälschte Version der Geschichte hören. Ohne ihn unnötig zu unterbrechen, oder das Gespräch unabsichtlich in eine andere Richtung zu lenken. Ich möchte wissen, was er von mir will, ohne dass er das Gefühl hat, ich würde bereits etwas ahnen.

„Jedenfalls", fährt er fort und ich stelle fest, dass ich die letzten paar Sätze überhört haben muss. Wahrscheinlich hat ihn meine ausbleibende Reaktion irritiert. Ich ermahne mich dazu, aufmerksamer zu sein. „Dabei ist für mich eine nette, kleine Beförderung rausgesprungen."

„Gratuliere."

„Danke. Das Problem dabei ist, meine neuen Umsatzziele sind brutal. Ich brauche jemanden, der mir hilft. Jemanden, der sich auskennt. Der die neuen internationalen Kunden betreuen kann. Habe ich dir von den Expansionsplänen erzählt? Egal. Dafür ist später immer noch Zeit. Ich brauche eine rechte Hand."

„Jemanden wie mich?"

„Ganz genau. Interessiert?"

Jetzt kommen wir zum Kern des Ganzen. Schneiden ein wenig tiefer. Stoßen auf Knochen. Es wird weh tun. Und man muss höllisch aufpassen, keinen Fehler zu begehen.

You never count your money
When you're sittin' at the table
There'll be time enough for countin'
When the dealin's done

„Können wir uns mal treffen?", fragt Benni, als er mein Zögern bemerkt. „Um persönlich über die Details zu sprechen? Es muss dir aber auch klar sein, dass du deine Karenz ein wenig früher abbrechen wirst müssen. Es eilt ein bisschen, verstehst du?"

Darauf könnte ich nun einiges erwidern. Ich könnte dankend ablehnen. Ich könnte versuchen, ihn hinzuhalten. Ich könnte auch einfach auflegen. Stattdessen werfe ich einen Blick auf meinen kleinen Sohn, der gerade sein drittes Oberteil am heutigen Tag vollgesabbert hat. Ich gehe in Gedanken die Liste an Dingen durch, die ich heute noch erledigen muss. Dann versuche ich mich zu erinnern, wann ich das letzte Mal länger als fünf Minuten mit einem Erwachsenen gesprochen habe. Wann ich das letzte Mal allein außer Haus gewesen bin. Und plötzlich scheint eine mehrstündige Wartezeit in einem überfüllten Flughafenterminal sehr erstrebenswert. Ja, ich könnte vieles zu Benni sagen, wenn man darüber nachdenkt. Stattdessen macht sich mein Mund selbstständig und ich sage: „Was schaut dabei für mich raus?"

Ich denke, der Tod ist sehr persönlich. Jeder begegnet ihm auf seine eigene Weise. Als er mich besucht, bringt er kein Best-of meiner Leistungen und Schandtaten mit. Keinen Film, der vor meinem inneren Auge abläuft. Kein nostalgisch-verklärter Blick zurück auf meine Vergangenheit. An die kann ich mich ohnehin nicht wirklich erinnern. Tatsächlich ist alles, was vor meinem siebenundzwanzigsten Geburtstag passiert ist, eher schemenhaft in meiner Erinnerung vorhanden. Als würde man versuchen, mit zusammengekniffenen Augen etwas auf einem unscharfen Foto zu erkennen.

Nein. Als ich an der Reihe bin, ist es, als wäre ich mitten in APOCALYPSE NOW. Wenn man darüber nachdenkt, macht das sogar Sinn. Nicht existierende Erinnerungen durch unechte zu ersetzen. Ich kann schwören, hier und jetzt rieche ich Rauch, der mir in der Kehle brennt und langsam meine Lungen füllt. Ich höre die Helikopter, die bedrohlich über meinem Kopf kreisen. Gevatter Tods dröhnende Schlussarie. Und dann. Das Grauen ...

wendekreis

Als ich zu mir komme, höre ich nichts. Keine Kampfhubschrauber. Keinen Lärm. Kein Geschrei. Da ist nur Stille. Die Stille eines Krankenzimmers. Was ist passiert? Ich sehe mich um. Sehe meine Familie. Meine Frau blättert in einer Zeitschrift. Mein älterer Sohn spielt mit seinen Matchboxautos. Und mein Jüngster versucht sich durch den Ärmel seines Oberteils zu fressen. Ich sage nichts. Ich möchte diesen Moment, diese Ruhe noch etwas länger genießen. Dabei bemerke ich, dass das Summen in meinen Ohren verschwunden ist.

Als erstes sieht mich der Kleine. Er verzieht das Gesicht zu diesem breiten, zahnlosen Grinsen, das er sonst nur zeigt, wenn er etwas zu essen kriegt. Meine Frau bemerkt das. Sie blickt zu mir herüber und lächelt. Noch bevor sie etwas sagen kann, blickt auch mein älterer Sohn von seinen Spielsachen auf. Er schreit. Läuft zu mir. Springt auf das Krankenbett. Dabei reißt er mir den Infusionsschlauch aus der Armbeuge. Das tut höllisch weh. Aber in diesem Moment bin ich einfach nur glücklich. Erleichterung stellt sich ein. Auch wenn ich nicht weiß, weshalb ich eigentlich hier bin. Ich habe nur das tiefsitzende Gefühl, beinahe gestorben zu sein.

Meine Frau kommt zu mir. Sie hält meine Hand. Erzählt mir, was passiert ist. Mit einem Mal sind die Ereignisse dieses Tages wieder da. Als hätte jemand eine Lampe in dem dunklen Kellerabteil eingeschaltet, das ich meinen Kopf nenne ...

Der Tag fängt schon herausfordernd an. Was ein Euphemismus für BESCHISSEN ist. Schon auf dem Weg zum Auto hat der Kleine eine volle Windel. Eine akrobatische Wickelaktion auf den Ledersitzen des neuen Wagens und gefühlte fünfzehn Ermahnungen an meinen Großen, er solle doch bitte endlich einsteigen. Später sind wir endlich alle vier auf dem Weg zum See. Familienausflug ins Strandbad. Genauer gesagt: Wir stehen an der Stadtausfahrt im Stau. Halblaut verfluche ich den Umstand, dass wir uns nicht schon früher auf den Weg gemacht haben. Das bringt mir einen bösen Blick meiner Frau ein. Ich ignoriere sie. Die Aussicht bei zweiunddreißig Grad im Auto, statt am Seeufer zu sitzen, lässt bei mir jeden Wunsch nach Diplomatie verschwinden. Am Ende sind wir dann aber doch schneller am Ziel als erwartet.

Endlich am See angekommen, versuche ich meinem älteren Sohn eine Badehose anzuziehen. Dazu lässt er sich nicht überreden. Als ich dann seiner Meinung nach auch noch zu langsam damit bin, mir meine anzuziehen, versenkt er aus Protest die Autoschlüssel, die ich leichtfertig auf mein Handtuch gelegt habe, im Wasser. Zum Glück in Ufernähe. So kann ich sie unter deutlich hörbarem Fluchen wieder rausfischen. Zur Belustigung derjenigen Badegäste, die das Glück haben, sich in Hörweite zu befinden. Ich ermahne ihn, sowas nicht wieder zu tun. Er flitzt daraufhin splitterfasernackt und laut schreiend über die Liegewiese. Ich renne hinterher. In meiner Unterhose. Er ist schnell. Schließlich gelingt es mir, ihn einzufangen. Ich trage ihn zurück zu unserem Platz. Ich bin erschöpft und desillusioniert, was unseren Ausflug angeht. Meine Frau weist mich darauf hin, dass Kinder immer dann am meisten Zuwendung brauchen, wenn sie es am wenigsten verdienen. Ich kenne die Idee. Ist aus irgendeinem Ratgeber. Natürlich weiß ich, dass sie Recht hat. Aber jetzt ist mir einfach zu heiß, um das zuzugeben. Ich brauche eine Pause.

Ich gehe schwimmen. Vom Wasser aus sehe ich meinen Sohn, wie er mitten zwischen die anderen Badegäste pinkelt. Jetzt lacht keiner mehr. Ich tauche ab. Lasse das kalte Wasser die Außenwelt wegspülen. Mich überkommt das Gefühl, dass Kindererziehung zu fünfzig Prozent die Beschäftigung mit Körperfunktionen ist.

Zu behaupten, der ganze Tag sei verpfuscht, entspricht aber nicht der Wahrheit. Wie an jedem anderen Katastrophentag, gibt es auch an diesem Momente, die den ganzen Ärger aufwiegen. Als ich später meinen Jüngsten ins Bett bringe, ist da ein solcher Moment. Er lächelt. Er hält meinen Zeigefinger fest umklammert und ihm fallen die Augen zu. Und er schläft ein. Mit diesem ihm eigenen Lächeln auf den Lippen. Solche Augenblicke geben einem die Perspektive zurück. Dass alles halb so schlimm ist. Sie lassen einen sich aufrappeln. Weitermarschieren. Zumindest einen weiteren Tag.

Die Kinder sind im Bett. Ich bin geschafft. Ich möchte mich nur noch mit einem kalten Bier auf die Terrasse setzen. Entspannen. Den Tag hinter mir lassen. Plötzlich höre ich ein lautes Brummen. Erst denke ich, dass einer der Nachbarn seinen Rasen mäht. Doch dann fällt mir auf, dass das Geräusch aus unserem Gartenhaus zu kommen scheint. Ich schleiche mich an. Vorsichtig. Lausche an der Tür. Kein Zweifel. Das Geräusch kommt aus dem Gartenhaus. Ich öffne die Tür. Und erblicke die größte Hornisse, die ich in meinem Leben gesehen habe. Ein Vieh, wie aus einem Horrorfilm. Eine Königin, ohne Zweifel. Sie fliegt auf mich zu. Ich schmeiße die Tür zu und flüchte zurück auf die Terrasse.

Eine kurze Internetrecherche meiner Frau offenbart uns das Ausmaß des Problems. Hornissen stehen unter Naturschutz. Ich lege die zusammengerollte Zeitung wieder beiseite. Insgeheim froh darüber, denn ich bin mir nicht sicher, ob das Kleinformat tatsächlich gereicht hätte, um den Kampf zu gewinnen. Wir müssen das Vieh aus unserem Gartenhaus vertreiben, bevor es ein Nest baut. Denn sonst wird es sein Gartenhaus und wir dürfen nichts dagegen machen. Das Recht des Fruchtbareren. Es gibt aber zwei Möglichkeiten eine Hornisse zu verscheuchen. WASSER und FEUER. Da sie sich im Inneren des Gartenhauses eingenistet hat, bleibt für mich eigentlich nur eine Möglichkeit übrig.

Ich nehme die zusammengerollte Zeitung und stecke sie in einen leeren Blumentopf. Zünde sie an. Dann öffne ich die Tür einen Spaltbreit und schiebe die selbstgebastelte Rauchbombe vorsichtig rein. Dann warte ich. Fünf Minuten. Zehn. Ich lausche an der Tür. Nichts. Vorsichtig mache ich sie auf. Ich mach einen Schritt rein. Dann noch einen. Meine Augen brennen vom Rauch. Mit lautem Brummen fliegt mir das Biest entgegen. Es hat mir eine Falle gestellt, denke ich. Jetzt will es den Showdown. Den Kampf auf Leben und Tod um sein neues Revier. Instinktiv weiche ich zurück. Stolpere dabei über einen am Boden liegenden Gartenschlauch. Im Fallen ärgere ich mich über das Chaos, das hier herrscht. Dann schlage ich mit dem Kopf auf dem Kugelgrill auf. Ich schmecke den Rauch in meiner Kehle. Höre die Königin über meinem Kopf kreisen. Dann wird mir schwarz vor Augen ...

Nachdem meine Frau mit ihrer Erzählung fertig ist, bin ich ein wenig enttäuscht. Aus ihrem Mund klingt das Ganze nicht nach dem heroischen Kampf auf Leben und Tod, wie er sich in meinem Kopf abgespielt hat. Es klingt eher nach Charlie Chaplin als nach John Wayne. Ich will etwas erwidern. Mich verteidigen. Doch in diesem Moment kommt der Arzt zur Tür rein.

Er ist vielleicht dreißig Jahre alt. Sieht aber aus wie zweiundzwanzig. Mir fällt es immer schwer junge Gesichter mit gesellschaftlich angesehenen Positionen in Einklang zu bringen. Ein ähnliches Problem habe ich, wenn ich mir ein Fußballspiel im Fernsehen anschaue. Ich kann es einfach nicht fassen, dass diese jungen Burschen die Spitzensportler von heute sind. Unweigerlich muss ich dann daran denken, dass ich, hätte bei mir das Talent für eine Sportkarriere gereicht, mich mittlerweile in Pension befinden würde. Und ich frage mich, für was alles ich wohl demnächst zu alt sein werde.

„Soweit nichts Ernstes“, höre ich den Arzt sagen. „Eine leichte Gehirnerschütterung. Schonen Sie sich ein paar Tage und hören Sie auf, Feuer zu legen.“

Ich sehe, wie meine Frau versucht, ein Lachen zu unterdrücken und komme mir reichlich blöd vor.

„Wie schaut es mit meinem Blutdruck aus?“, frage ich ihn, nur damit ich irgendetwas sagen kann. Er wirft einen kurzen Blick in meine Krankenakte.

„Alles in Ordnung soweit“, sagt er. „Wieso?“

„Reine Neugier.“

Während ich auf meine Entlassungspapiere warte, überkommt mich ein seltsames Gefühl der Ruhe. Die Scham über meine Slapstick-Einlage ist verschwunden. Überhaupt scheinen die Ereignisse dieses Tages überhaupt nicht wichtig, wenn man sich das große Ganze vor Augen hält. Ich nehme mir vor, mir dieses große Ganze irgendwann mal genauer anzuschauen.

Meine Frau macht mit den Kindern einen Spaziergang. Ich ziehe mein Handy aus der Tasche und setze meine Kopfhörer auf. Ich finde, jetzt ist es Zeit für die NEW YORK DOLLS:

One day it will please us
To remember even this

ausbruch

„Ich bin froh, dass unsere Therapie Wirkung zeigt", sagt Irines, während sie ein neues Räucherstäbchen anzündet. Ich bin irritiert.

„Ich habe nicht mal das erste Kapitel des ersten Buches geschafft", gebe ich zu.

„Das ist egal." Sie hält mir einen Kristall an einer Schnur vor das Gesicht. „Gut, gut", meint sie nach kurzem Pendeln. Dann setzt sie sich mit einem selbstzufriedenen Ausdruck in ihren Sessel. Sie erklärt es mir. Ihrer Meinung nach war meine Konfrontation mit der Hornisse genau das kathartische Erlebnis, das ich brauchte, um mein Chi zu öffnen. Um mein Leben und meine Umwelt wieder wertzuschätzen. Zwar wollten wir diesen Effekt mit Hilfe der Lektüre erreichen. Aber wichtig wäre doch nur, dass ihre Diagnose gestimmt hätte. Und schließlich zählten ja Resultate wohl mehr, als der Weg dorthin. Nicht zum ersten Mal habe ich das Gefühl, Opfer einer Bauernfängerei zu werden.

„Dann sind wir ja fertig", sage ich und will aufstehen.

„Keineswegs. Die Initialtherapie war erfolgreich. Jetzt müssen wir den neuen Geisteszustand konservieren. Rehab für die Seele." Sie lacht über ihre eigene, geistreiche Bemerkung.

„Mehr lesen?", frage ich.

„Nein. Lesen war nur der erste Schritt. Die nächste Phase in der Bibliotherapie ist das Schreiben."

„Schreiben? Worüber denn?"

„Worüber Sie wollen. Es gibt dafür keine therapeutischen Regeln. Aber ich würde vorschlagen, Sie beginnen mit den Erfahrungen, die Sie in den vergangenen Monaten gemacht haben."

„Sowas will doch keiner lesen."

„Das sollte auch nicht die Intention sein. Es gibt zwei Impulse, aus denen heraus man sich dem Schreiben zuwendet. Die einen schreiben, weil sie gehört werden wollen. Die anderen, weil sie etwas zu sagen haben."

Ich nicke. Zu sagen habe ich darauf aber nichts.

„Ich schlage vor", fährt Irines fort, „Sie versuchen es mal. Treffen wir uns in zwei Wochen wieder und ich sehe mir an, was Sie geschrieben haben."

„Zum üblichen Honorar, nehme ich an." Die Bemerkung ignoriert sie, während sie in ihrem Kalender nach einem passenden Termin für unsere nächste Sitzung sucht.

Wir sind krank. Wir, das sind meine Frau und ich. Und mit krank meine ich, dass ich mir in diesem Augenblick wünsche, die Hornisse hätte mir doch den Rest gegeben. Das wäre sicher angenehmer als der Zustand, in dem ich mich jetzt befinde. Mein ganzer Körper schmerzt. Von meinen Zehengelenken bis zu meinem Kopf und alles dazwischen. Sogar meine Kopfhaut tut weh. Ich habe vierzig Grad Fieber und eine königliche Mandelentzündung. Dadurch fällt mir das Sprechen schwer. Das hält meinen Ältesten, den ich insgeheim ja für Patient Null dieser innerfamiliären Pandemie halte, nicht davon ab, mich seit einer Stunde mit Fragen zu löchern.

Zum Glück tauchen meine Schwiegereltern auf und entführen ihn zu einem Nachmittag im Freien. Als Gegenleistung lassen sie einen Topf Hühnersuppe da. Noch nie in meinem Leben, habe ich mich so hoffnungslos hilflos gefühlt wie mit Kindern. Addiert man dann noch körperliche Gebrechlichkeit hinzu. Das Wissen um die eigene Hinfälligkeit. Dann wird daraus eine selbstmitleidhervorrufende Gleichung.

Ich versuche, aufzustehen. Nach einigen Minuten gelingt es mir unter schier unmenschlicher Kraftanstrengung. Ich schlurfe durch die Wohnung wie ein 82-jähriger Geriatriepatient. Auf dem Sofa treffe ich meine Frau. Zwei sterbende Planeten deren Umlaufbahn sich bei dieser Koordinatenkombination kreuzt. Ich lasse mich mit einem hörbaren Seufzen neben ihr auf das Sofa sinken. Das fällt mir in letzter Zeit öfter auf. Dass ich unwillkürlich seufze, wenn ich mich setze und aufstehe. Auch meine Freunde tun es. Wann fängt sowas an? Als Teenager habe ich beim Hinsetzen sicher nicht geseufzt. Da bin ich mir sicher. Wann also schleicht sich diese lautmalerische Komponente des Älterwerdens in dein Leben? Mit Fünfundzwanzig? Dreißig?

Meine Frau hält meine Hand. Ihre Haare kleben schweißnass an ihrer Stirn. Sie schenkt mir ein schwaches Lächeln. Einige Zeit starren wir gemeinsam auf den schwarzen Fernsehbildschirm.

„Das wäre eigentlich ganz schön", sagt sie. „Gemeinsam krank sein. Man könnte den ganzen Tag zusammen verbringen. Müsste an nichts denken. Und könnte sich gegenseitig bemitleiden. Noch sowas, was mit Kindern nicht mehr möglich ist."

„Ja", erwidere ich. „Selbst die Grippe vermiesen sie einem." Wir müssen beide lachen. Was bei ihr zu einem Hustenanfall führt. Ich hingegen bringe nicht mal mehr ein Husten zustande. Nur ein erbärmliches Röcheln.

Als wir uns beruhigt haben, hole ich mein Handy und wähle die Nummer meiner Ärztin. Ich will das eigentlich vermeiden. In letzter Zeit sind wir nicht mehr wirklich auf einer Wellenlänge, was meine Therapie angeht. Ich glaube nicht, dass ihre Tabletten auch nur irgendetwas ausrichten. Sie besteht darauf, dass ich sie weiternehme und weiter zur Gesprächstherapie mit ihrer Freundin – da bin ich mir mittlerweile sicher – gehe. Insgeheim glaube ich, dass mich die beiden ausnehmen. Kann es aber nicht beweisen. Jedenfalls sind wir weit von einem gesunden Arzt-Patienten-Verhältnis entfernt. Aber jetzt brauche ich ihre Hilfe. Meine Mandelentzündung ist so schlimm, dass ich letzte Nacht aus Ratlosigkeit eine ganze Flasche des Hustensaftes meiner Kinder weggeputzt habe. Gegen die Entzündung hat es zwar nicht geholfen, aber nun habe ich Sodbrennen vom Feinsten.

Während ich warte, dass die unhöfliche Arzthelferin mir einen Termin gibt und ich vermute, sie hält mich absichtlich hin, um mich für den Zweifel an ihrer Chefin zu bestrafen, bekomme ich einen Anruf auf der anderen Leitung. Eine Nummer aus dem Büro. Die Durchwahl kenne ich nicht. Ich warte, bis die Mobilbox sich einschaltet und warte weiter auf meine Terminbestätigung. Ein weiteres Mal erscheint die Büronummer auf meinem Display. Was kann denn nur so wichtig sein, dass man einen todkranken Mann in seiner Karenz belästigt? Der Impuls abzuheben ist stark, doch ich weigere mich, nachzugeben. Eine Welle der Renitenz rollt über mich und ertränkt das schlechte Gewissen, das hier ohnehin nichts verloren hat. Sollen sie doch alle selbst schauen, wie sie zurechtkommen.

Nachdem ich endlich einen Termin bei meiner Ärztin bekommen habe, schleppe ich mich zurück ins Bett. Wieder klingelt mein Handy. Es ist Benni. Wieder gehe ich nicht ran. Er hinterlässt mir eine Nachricht auf meiner Sprachbox. Es sei etwas passiert. Wir müssten uns schnell treffen, um die Details zu besprechen. Ich solle ihn asap zurückrufen.

Ich werfe das Handy auf meinen Nachttisch. Darum werde ich mich morgen kümmern.

Auf das Treffen mit Benni hätte ich fast vergessen. Zum Glück hat mich mein Handy rechtzeitig an den Termin erinnert, so dass ich mit vernachlässigbaren zwanzig Minuten Verspätung beim Café eintreffe. Meine Frau ist früher von der Arbeit gekommen, um die Kinder zu übernehmen. Damit Benni und ich uns ungestört unterhalten können. Sie ist bezüglich Bennis Angebot zwar skeptisch, hat mich aber ermutigt, mir zumindest die Details anzuhören, bevor ich eine Entscheidung treffe.

Ich meinerseits hasse es, nicht genau zu wissen, was auf mich zukommt. Sowas zieht unweigerlich Spontanität nach sich. Und darauf verstehe ich mich nicht. Ich habe gerne alles unter Kontrolle. Mag keine Überraschungen. Ich plane gerne mehrere Schritte im Voraus. Aber wie plant man für eine solche Entscheidung?

Einerseits fühle ich mich durch das Angebot geschmeichelt. Es wäre eine Bestätigung meiner Karriere. Der Lohn für meine harte Arbeit. Der Beweis, dass die letzten zehn Jahre nicht bloß vergeudete Zeit waren. Andererseits ist diese neue Position mit vielen neuen Entbehrungen verbunden. Ich fange gerade an, mich in meiner neuen Rolle als Vollzeit-Vorstadtvater zurecht zu finden. Und bin mir nicht sicher, ob ich dieses neue Leben schon so schnell wieder aufgeben möchte. Aber irgendetwas werde ich heute aufgeben müssen.

Ich finde Benni auf der Terrasse des Cafés mit Blick über einen wunderschönen Park. Es ist ein herrlicher Frühsommertag. Etwas zu heiß für diese Jahreszeit. Aber daran muss man sich in Zukunft wohl gewöhnen, wenn man den Nachrichten Glauben schenken darf.

Trotz der Sonnenbrille, die er trägt, sehe ich Benni die Müdigkeit an. Er sieht zehn Jahre älter aus als er eigentlich ist. Er erspäht mich schon von Weitem. Steht auf. Lächelt. Es wirkt gequält. Als ob ihm die Situation unangenehm ist. Bei mir läuten die Alarmglocken. Wir begrüßen uns mit einer Männerumarmung. Eine von der Art, bei der man die Oberkörper aneinanderpresst, sich auf die Schulter klopft, aber sonst jeglichen Körperkontakt vermeidet.

Ich setze mich. Blicke auf die Uhr. Kurz vor halb eins. Das geht. Ich bestelle einen Aperol Spritzer. Benni einen Espresso. Den Bons auf dem Tisch nach zu urteilen sein vierter. Wir machen ein paar Minuten Small Talk, dann kommt Benni zur Sache. Sie haben einen neuen Kunden in Paris. Ein Multimillionen-Etat. Ich soll den Kunden betreuen. Exklusiv. Der Haken dabei? Aus wirtschaftlichen Gründen soll die Arbeit in der neuen Niederlassung in Hamburg gemacht werden, die sie gerade gekauft haben. Geistig versuche ich mir die Anzahl an monatlichen Flugmeilen vorzustellen, die dafür nötig sein werden. Die Antwort lautet: viele.

„Außerdem müsstest du sofort anfangen. Am besten noch nächste Woche“, sagt Benni. Ich merke, dass ihm das nicht leichtfällt.

„Ich hatte gehofft, dass ich doch noch etwas länger Zeit habe.“

„Das alte Management hat kein gutes Haar an dir gelassen. Das neue möchte jetzt einen Beweis deiner Loyalität. Sie wollen, dass du auf alle Karenzansprüche verzichtest.“

Ich sage erst mal nichts. Starre in mein Getränk. Dabei stelle ich mir das Lächeln meines jüngsten Sohnes vor, mit dem er mich seit ein paar Tagen jeden Morgen anstrahlt. Paris. Hamburg. Das klingt super. Aber wie viele Tage im Jahr werde ich nicht daheim sein? Wie viele Tage im Jahr werde ich im Leben meiner

Kinder verpassen? Hundertzwanzig? Hundertfünfzig? Ich beobachte Bennis Hände, die durch zu viel Koffein und zu wenig Schlaf zittern, während er Zucker in seinen Kaffee rührt. Eigentlich habe ich meine Entscheidung schon getroffen, bevor ich hierherkam. Das Gespräch bestärkt mich nur noch darin. Ich atme hörbar aus. Wähle meine Worte mit Bedacht. Benni ist immerhin mein Freund seit fast zehn Jahren.

„Hör zu, Benni. Ich bin dir sehr dankbar für dein Angebot. Für diese Chance. Es ist eine großartige Gelegenheit. Aber es ist nichts für mich. Ich glaube ... Ich will das nicht. Ich will meine Karenz nicht abbrechen. Ich möchte die Zeit mit meiner Familie nutzen, solange die Kinder noch klein sind. Ich bin nicht bereit, das aufzugeben."

„Wann wirst du zurückkommen?"

„Ganz ehrlich? Wahrscheinlich nie. Ich spiele mit dem Gedanken, gar nicht mehr wieder zu kommen. Nach meiner Karenz werde ich den Job in der Agentur kündigen. Mir was Neues suchen. Vielleicht die Branche wechseln. Neu anfangen. Ich bin mir ohnehin sicher, dass sie damit rechnen." Benni sagt nichts. Und in diesem Moment wird mir einiges klar. Nicht die neuen Geschäftsführer wollen mich zurück. Es ist Benni, der das will. Er hat die Geschäftsleitung davon überzeugt, mir das Angebot zu machen. Umso schwerer fällt es mir, ihn jetzt zu enttäuschen.

„Es tut mir echt leid, aber mein Entschluss steht fest. Ich bin an einem entscheidenden Punkt in meinem Leben und es wird Zeit für eine Veränderung. Ich muss das einfach machen. Für mich."

Benni nickt. Danach reden wir noch ein paar Minuten über Belangloses, ehe ich der Kellnerin signalisiere, dass ich zahlen möchte. Benni übernimmt die Rechnung. Wir schütteln uns die Hand.

„Ich glaube, du triffst die richtige Entscheidung", sagt Benni und lächelt. Diesmal ist es ein ehrliches Lächeln. „Vielleicht komme ich dich mal besuchen."

„Wir würden uns freuen", erwidere ich, wohlwissend, dass dieser Besuch niemals stattfinden wird. Es wird vereinzelte Anrufe geben, zu Geburtstagen oder auch zu Weihnachten. Aber auch die werden mit der Zeit weniger, bis sie schließlich ganz aufhören. Zu weit liegen unsere Welten bereits jetzt auseinander.

Als ich beim Spielplatz ankomme, wo ich mit meiner Frau verabredet bin, bleibe ich kurz stehen. Ich beobachte das Getümmel aus sicherer Entfernung. Die Helikoptereltern kreisen um ihre Brut wie Raubtiere um ihre Beute. Stets bereit, sobald eines der Kleinen stürzt, mit Desinfektionsmittel, Reinigungstüchern und Süßigkeiten darüber herzufallen. Andere formieren sich zu einer Art freiwilligen Schülerlotsenbürgerwehr, wobei jedes Mitglied peinlich genau darauf bedacht ist, nur die anderen Kinder zu ermahnen. Niemals die eigenen. Ich weiß nicht, ob ich jemals in diese Welt passen werde. Ehrlich gesagt habe ich meine Zweifel. Auf dem Weg hierher bin ich mehrmals stehen geblieben. Habe mit dem Gedanken gespielt, das Handy rauszuholen, Benni anzurufen und sein Angebot doch noch anzunehmen. Aber ich bin jedes Mal weitergegangen.

Meine Frau sitzt abseits des Trubels auf einer Parkbank. Unseren kleinen Sohn im Arm. Der Große versucht schon seit geraumer Zeit ein Klettergerüst zu erklimmen. Ein ums andere Mal scheitert er, und ich warte schon auf den großen Wutausbruch, der unweigerlich bevorsteht. Dann plötzlich rutscht er ab und fällt vom Gerüst in das darunterliegende Kiesbett. Ich erwarte das Schlimmste und bin im Begriff zu ihm zu laufen. Doch er rappelt sich von selbst auf. Klopft sich die Hose ab. Deutet meiner Frau, dass alles in Ordnung ist. Daumen hoch. In diesem Moment weiß ich, dass alles gut wird. Wirklich ALLES.

Wir können für unsere Kinder Vorbild oder abschreckendes Beispiel sein. Ich für meinen Teil hoffe, dass meine Söhne bessere Männer werden, als ich es bin. Aufgeschlossener. Nicht so furchtsam oder kleinlich. Wenn ich nur einen kleinen Teil dazu beitragen kann, wäre das der größte ERFOLG meines Lebens.

You'll think it's tragic when that moment arrives
But it's magic, it's the best years of our lives

Als wir gemeinsam vom Spielplatz nach Hause gehen, fühle ich mich gut. Mein älterer Sohn fährt mit seinem Fahrrad neben uns her. Nicht zum ersten Mal wundere ich mich, wie schnell er das Fahrradfahren gelernt hat. Das ist die Essenz des Kindseins. Das Lernen. Die ersten Male. Neue Erfahrungen. All das verschwindet zwar nicht mit dem Erwachsenwerden, aber die Zeit zwischen dem Neuen wird immer länger. Umso wichtiger erscheint es mir, hier und heute das alles bewusst zu erleben. Ich klammere mich an diesen Moment wie ein Ertrinkender. Aus Angst, er könnte mir entgleiten, ohne dass ich den letzten Tropfen aus ihm gepresst habe wie aus einer alten Zitrone.

Plötzlich klingelt mein Handy. Eine unbekannte Nummer. Ich hebe ab. Meine Ärztin ist dran. Sie versucht, mir umständlich etwas zu erklären, das ich nicht verstehe. Es kommt mir vor, als rede sie um den heißen Brei herum. Stimmt etwas nicht mit mir? Bin ich krank? Ein kalter Schauer läuft mir über den Rücken und beißt mir in die Kniekehlen.

„Worum genau geht es denn?“

Sie macht eine dramatische Pause. Atmet tief aus. Dann sagt sie:

„Ihre Messergebnisse waren aufgrund einer fehlerhaften technischen Komponente verfälscht. Mit Ihrem Blutdruck ist alles in Ordnung.“

Es dauert einige Sekunden bis ich imstande bin zu begreifen.

„Heißt das, ich brauche gar keine Medikamente? Keine Therapie?“

„Nein.“ Ihre Antwort klingt, als würden ihre Zähne sie zu zermalmen versuchen, ehe sie in den digitalen Äther entschwinden.

„Ihr Messgerät ist fehlerhaft?“

„Ja.“

„Ich bin völlig gesund?“

„Ja.“

Ich kann es nicht fassen. Mein Gehirn fühlt sich an, als stünde es vor einem Kurzschluss. Dann plötzlich drängt sich eine andere Frage in meinen Verstand. Eine Frage so offensichtlich, dass ich mich wundere, sie nicht gleich gestellt zu haben.

„Wo stammt diese fehlerhafte technische Komponente her?

„Wie bitte?“

„Das defekte Teil. Wie heißt die Zulieferfirma?“

„Also ich weiß nicht, ob ... Da müsste ich jetzt ...“

„Stellen Sie sich nicht so an. Ich komme sowieso dahinter.“

„KOBALT.“

Ich muss laut loslachen. Ich lache so sehr, dass meine Frau mich ansieht, als hätte ich den Verstand verloren. Auch einige Passanten scheinen ernsthaft die Straßenseite wechseln zu wollen, um sich nicht mit dem anzustecken, was diesen Verrückten befallen hat. Als ich meinen Lachkrampf unter Kontrolle habe, merke ich, dass meine Ärztin immer noch in der Leitung ist. Ich wische die Tränen aus den Augen und stelle eine weitere Frage:

„Wer wird mir das Geld für das defekte Messgerät erstatten?"

Plötzlich ist die Leitung tot. Ich starre einen Moment amüsiert auf den schwarzen Bildschirm. Betrachte mein Gesicht, das sich darin spiegelt. Ich bin zufrieden mit dem Typen, der mich aus dem Handy raus anstarrt.

segel setzen

Wie aber endet meine Geschichte? Nun. Gar nicht. Das wirkliche Leben ist keine in sich geschlossene Erzählung, die auf ein 90 Minutenformat für den Hauptabend optimiert ist. Es ist ein Fluss. Mal fließt er ruhig und leise durch weite Landschaften. Mal führt er über mörderische Stromschnellen. Er verzweigt sich immer weiter. Manchmal vereint er sich mit anderen und wird zu etwas Größerem. Und manchmal versiegt er einfach. Irgendwo. Irgendwann.

Wohin mich meine Reise führt, kann ich nicht sagen. Ich schätze, dass die des Slim-Fit-Typen im Knast enden wird. Das zumindest sagt die Zeitung. Dort wurde der Fall einige Tage lang gut versteckt im Wirtschaftsteil besprochen, bevor die Journalisten das Interesse verloren haben. Wirtschaftsverbrechen sind zu komplex, zu langweilig, zu wenig plakativ. Damit lassen sich keine Werbeeinschaltungen verkaufen.

Meine Ärztin wiederrum wird wohl von der Ärztekammer aus ihrer Seenot gerettet werden. Die meisten Geschädigten bleiben wohl auf ihren Kosten sitzen. Das zumindest sagt mein Anwalt, der sich da ziemlich sicher zu sein scheint. Jedenfalls hat er keine Lust, sich mit der Kammer anzulegen. Da ist die Niederlage systemimmanent, meint er. Zumindest muss sie dafür Kammerumlage zahlen.

Tatsächlich muss ich lächeln, während ich darüber nachdenke. Ich stehe gerade in meiner Tiefgarage und spiele Gepäckstetris. Dabei versuche ich mehr Gepäckstücke in den neuen Kombi zu laden, als dieser eigentlich platzmäßig in sich aufnehmen kann. Lange habe ich mich gegen das neue Auto gesträubt. Aus Angst, es würde meine Metamorphose zum alternden Vorstadtvater vollenden. Es könnte meine Coolness auffressen. Doch Coolness ist auch nur ein weiteres Etikett, das abfällt, wenn man genügend Schleudergänge hinter sich hat. Jedenfalls bin ich beim Anblick des Berges, den ich noch zu verstauen habe froh, mir keinen Sportwagen zugelegt zu haben. Was kann man für fünf Tage bloß alles einpacken? So lange haben wir vor zu bleiben. Fünf Tage. Nicht Wochen. Nicht Monate. Tage. Kurzurlaub an der oberen Adria. So wie es unsere Eltern schon vor uns getan haben. Und deren Eltern ebenfalls mit ihnen. Bis zurück zu den Neandertalern, die im Sommer ihre Brut auf den Rücken geschnallt haben und durchs Kanaltal ans Meer gepilgert sind.

Nachdem wir die Berge hinter uns gelassen haben, werfe ich einen Blick in den Rückspiegel. Die Kinder sind eingeschlafen. Meine Frau hat es sich mit einem kalten Getränk neben mir am Beifahrersitz gemütlich gemacht. Die Straße windet sich in langen Kurven durch die Landschaft und beinahe glaubt man, am Horizont schon das Meer sehen zu können. Wo man ankommt, denke ich, ist weniger wichtig, als die Tatsache, dass man sich irgendwann mal auf den Weg macht. Ich drehe die Stereoanlage lauter und genieße den Augenblick. Den Sonnenschein. Den leichten Verkehr. Und auch wenn der Verkehrsfunk vor Behinderungen warnt, beruhigt mich in diesem Moment der Gedanke, dass es bis dahin noch eine Zeit lang zügig voran geht.

Ich drehe die Musik ein wenig lauter. Auch auf die Gefahr hin, dass die Kinder aufwachen könnten. Aber was ist denn schon ein Leben ohne Musik, als lediglich ein sehr, sehr lauter Stummfilm. Man sollte überhaupt mehr singen. Mehr tanzen. Kein beschissener Hamster sein. Hamster tanzen nicht. Hamster laufen nur im Kreis.

The end is out there somewhere
But it seems so far from here

Meine Besuche beim DRITTEN AUGE habe ich beendet. Ich habe mir nicht mal die Mühe gemacht Irines anzurufen, um meinen Termin zu stornieren. Ich bin einfach nicht mehr hingegangen. Das mit dem Schreiben probiere ich aber aus.

Ich muss sagen, es hat schon etwas Meditatives. Auf der Hotelterrasse zu sitzen. Ein kühles Bier in meiner Hand. Die Kinder schlafend im Zimmer. Mein Blick auf die Wassermassen gerichtet, die hinter dem Horizont verschwinden. Ein neues Notizbuch. Mit vielen weißen Seiten, die beschrieben werden wollen. Ich setze meinen Stift auf das Papier und beginne zu schreiben. Ohne Zwang. Was mir in den Sinn kommt:

Hypertensiver Notfall. Die Ärztin schaut mich eindringlich an. Starrt regelrecht. Erwartungs- und vorwurfsvoll zugleich.

Dennis Staats wurde 1983 in Kärnten geboren. Sein Studium der Vergleichenden Literaturwissenschaft und Englisch an der Universität Wien, schloss er mit einer Untersuchung der Rezeption von Jack Kerouacs Romanen im deutschen Sprachraum ab. Danach arbeitete er als Journalist, PR-Manager und Projektleiter im Marketingbereich in Wien, Zürich und Zagreb. Er war Mitherausgeber des Literaturmagazins *The Transnational* mit Sitz in London, das seinen Schwerpunkt auf englisch-deutsche Literaturübersetzungen legt. Während der vergangenen 15 Jahre schrieb und veröffentlichte er Gedichte, Kurzgeschichten und Novellen. Dennis Staats lebt in Villach.

Bisher im MITGIFT *Verlag* erschienen:
Napalmherz – Lyrik (2018)
Faktor 9 (2019)

MITGIFT *Verlag*